AF346460

Vente du Samedi 26 Janvier 1867.

TABLEAUX

MODERNES

DESSINS ET AQUARELLES

MARBRES

PROVENANT DE LA

*COLLECTION DE M****

Exposition publique le Vendredi 25 Janvier.

Me CHARLES PILLET,
COMMISSAIRE-PRISEUR

M. FRANCIS PETIT,
EXPERT

1867

CATALOGUE

de

TABLEAUX

MODERNES

et de quelques

DESSINS & AQUARELLES

MARBRES

PROVENANT DE LA COLLECTION DE M. T**

DONT LA VENTE AURA LIEU

HOTEL DROUOT, SALLE N° 3

Le Samedi 26 Janvier 1867

A DEUX HEURES PRÉCISES

Par le ministère de M° **CHARLES PILLET**, Commissaire-Priseur,
11, rue de Choiseul,

Assisté de M. **FRANCIS PETIT**, Expert, 7, rue Saint-Georges.

Chez lesquels se trouve le présent Catalogue.

EXPOSITION PUBLIQUE

Le Vendredi 25 Janvier 1867, de une heure à cinq heures.

CONDITIONS DE LA VENTE

Elle sera faite au comptant.

Les acquéreurs payeront, en sus du prix d'adjudication, cinq pour cent applicables aux frais.

———

Paris. — Typographie de A. PILLET, rue des Grands-Augustins, 5.

TABLEAUX

AMAURY DUVAL

1 — Tête de jeune Fille couronnée de fleurs des champs.

Haut. 39 cent.; larg. 30 cent.

BARON

2 — Pierrot chanteur.

Haut. 43 cent.; larg. 55 cent.

BEAUNE

3 — Paysan breton menant boire deux Chevaux.

Haut. 24 cent.; larg. 19 cent.

BELLANGÉ (Hippolyte)

4 — Embuscade de Tirailleurs.

Haut. 21 cent.; larg. 16 cent.

BRISSOT

5 — Paysage, Pêcheur.

Haut. 14 cent.; larg. 24 cent.

BROUN (J. L.)

6 — La Visite à l'Écurie.

Haut. 33 cent.; larg. 46 cent.

COGNIARD

7 — Vaches sous bois.

Haut. 24 cent.; larg. 34 cent.

COUTURE

8 — Tête de jeune Homme.

Étude pour les Romains de la décadence.

Forme ovale. Haut. 51 cent.; larg. 45 cent.

DECAMPS

9 — Intérieur d'un Café turc.

Haut. 32 cent.; larg. 40 cent.

DECAMPS

10 — Prisonnier grec visité dans sa prison.

Haut. 60 cent.; larg. 50 cent.

DE DREUX (Alfred)

11 — Jockey à cheval.

Haut. 32 cent.; larg. 40 cent.

DELACROIX (Eugène)

12 — Hamlet et le Fossoyeur.

> Première pensée du tableau ayant fait partie de la collection du duc d'Orléans.

Haut. 32 cent.; larg. 23 cent.

DIAZ

13 — Vénus et les Amours.

Haut. 40 cent.; larg. 20 cent.

DORCY

14 — L'Air.

Haut. 40 cent.; larg. 31 cent.

DORCY

15 — Tête de jeune Fille.

Forme ovale. Haut. 53 cent.; larg. 42 cent.

DUPRÉ (J.)

16 — Paysage. Berger et troupeau de Moutons au bord d'un Étang.

Haut. 17 cent.; larg. 22 cent.

DUPRÉ (V.)

17 — Paysage avec Animaux.

Haut. 24 cent.; larg. 33 cent.

FAUVELET

18 — Page et Soubrette.

Haut. 27 cent.; larg. 21 cent.

FAUVELET

19 — L'Indiscrète.

Haut. 22 cent.; larg. 16 cent.

FLERS

20 — Prairie coupée d'arbres et servant de pâturage.

Haut. 30 cent.; larg. 45 cent.

FROMENTIN

21 — Un Village aux environs du Caire.

Haut. 47 cent.; larg. 87 cent.

GRANET

22 — Procession dans une Ruine souterraine.

Haut. 36 cent.; larg. 34 cent.

GUDIN

23 — Pleine mer avec Bâtiments.

Haut. 32 cent.; larg. 45 cent.

GUDIN

24 — La Fin d'un gros temps.

Haut. 42 cent.; larg. 59 cent.

GUILLEMIN

25 — Femme des environs de Biarritz.

Haut. 32 cent.; larg. 25 cent.

GUILLEMIN

26 — Paysan des Pyrénées.

Haut. 32 cent.; larg. 2⁵ cent.

HENNEBERG

27 — Deux Associés.

Haut. 66 cent.; larg. 50 cent.

HILLEMACHER

28 — Offrande à la Vierge.

Haut. 63 cent.; larg. 50 cent.

HOGUET

29 — Un Grain sur les côtes de Normandie.

Haut. 32 cent.; larg. 45 cent.

HOGUET

30 — Moulin sur la lisière d'un bois.

Haut. 100 cent.; larg. 80 cent.

HUGUET

31 — Caravane en marche.

Haut. 41 cent.; larg. 81 cent.

ISABEY

32 — Petit port de Normandie, à marée basse.

Haut. 15 cent.; larg. 27 cent.

JACQUE

33 — Troupeau de Moutons fuyant l'orage.

Haut. 41 cent.; larg. 55 cent.

JADIN

34 — Chasse au Sanglier.

Haut. 26 cent.; larg. 41 cent.

JADIN

35 — Chasse au Cerf.

Haut. 26 cent.; larg. 41 cent.

Justin OUVRIÉ

36 — Environs de la Haye.

Haut. 23 cent.; larg. 32 cent.

MASSON (Benedict)

37 — Le Passage des Alpes.

Haut. 00 cent.; larg. 00 cent.

MEISSONIER fils.

38 — Un Savant.

Haut. 65 cent.; larg. 54 cent.

MONTICELLI

39 — Halte dans les montagnes.

Haut. 31 cent.; larg.; 65 cent.

PALIZZI

40 — Les deux Amis.

Haut. 35 cent.; larg. 27 cent.

PALIZZI

41 — Brebis et leurs agneaux.

Haut. 50 cent.; larg. 77 cent.

PECRUS

42 — Jeune Fille à sa toilette.

Haut. 16 cent.; larg. 13 cent.

PILS

43 — Tête de jeune Fille.

Haut. 20 cent.; larg. 16 cent.

ROQUEPLAN

44 — Lecture de la Bible. Intérieur moyen âge.

Haut. 45 cent.; larg. 33 cent

ROUSSEAU (Th.)

45 — Chaumière sous des arbres.

Haut. 31 cent.; larg. 45 cent.

SEIGNEURGENS

46 — La Halte.

Haut. 24 cent.; larg. 32 cent.

TROYON

47 — Charrette de foin attelée de deux chevaux. Effet d'orage.

Haut. 53 cent.; larg. 64 cent.

ULYSSE

48 — Une Promenade à Versailles.

Haut. 12 cent.; larg. 10 cent.

VERBOECKHOVEN

49 — Troupeau de moutons sortant de l'étable.

Date 1839. Haut. 36 cent.; larg. 46 cent.

WATTIER

50 — Allégories.

Deux petits panneaux de décoration.

Haut. 19 cent.; larg. 26 cent.

WILLEMS

51 — Le Duo.

Haut. 53 cent.; larg. 46 cent.

WILLEMS

52 — Jeune Fille à sa toilette.

Haut. 25 cent.; haut. 20 cent.

ZIEM

53 — Marine avec barques. Soleil couchant.

Haut. 26 cent.; larg. 20 cent.

---

54 — Quelques tableaux anciens.

DESSINS

ET

AQUARELLES

~~~~~~~~~~~~~~~~~

ANTONIN MOINE

55 — Varlet appelant son faucon.

<div align="right">Dessin.</div>

BELLANGÉ (HIPPOLYTE)

56 — Une Sentinelle perdue.

<div align="right">Aquarelle.</div>
~~~~~~~~~~~~~~~~~

CALAME

57 — Lac bordé de rochers.

Sépia rehaussée.

CALLOW (W.)

58 — Barque sur la plage.

Aquarelle.

CALLOW (W.)

59 — Un Ponton.

Aquarelle.

CHARLET

60 — Brigand italien.

Aquarelle.

CICÉRI père.

61 — Un Village aux environs de Paris.

Aquarelle.

DELACROIX (Eug.)

62 — Mort de Gœtz de Berlichingen.

Dessin.

DELACROIX (Eug.)

63 — La Drachme de saint Pierre.

Dessin.

GAVARNI

64 — Scène de carnaval.

Aquarelle.

Justin OUVRIÉ

65 — Vue de Malines.

Aquarelle.

Justin OUVRIÉ

66 — Vue de Gand.

Aquarelle.

Justin OUVRIÉ

67 — Vue de Boppart sur le Rhin.

Aquarelle.

LANDELLE

68 — La Foi.

Groupes de deux figures à mi-corps.

Sanguine.

MEISSONIER

69 — Un vieux Bouquiniste.

Dessin à la plume.

MEISSONIER

70 — Une Rencontre.

Croquis à la plume.

PILS

71 — Un Spahis en vedette.

Aquarelle.

PILS

72 — Un Clairon de zouaves.

Aquarelle.

TITEUX

73 — Vue de Rome.

Dessin rehaussé.

TITEUX

74 — Un ancien Cloître à Rome.

Dessin rehaussé·

TITEUX

75 — Ruines à Rome.

Dessin rehaussé.

VILLERET

76 — Une Église de village.

Àquarelle.

MARBRES

BASTIANINI (de Florence)

77 — Jeune Pêcheur napolitain.

78 — Deux bustes de femmes en costume du
xve siècle.